세상을 아름답게 만드는
행복한 청소부

세상을 아름답게 만드는

행복한 청소부

모니카 페트 글   안토니 보라틴스키 그림   김경연 옮김

세상을 아름답고 따뜻하게 만드는 사람들

"좀 더 일찍 만났더라면……"

《행복한 청소부》를 처음 만났을 때 느낌입니다. 벌써 삼 년 전 일이지만 아직도 그때의 느낌이 생생합니다. 책을 검토하라고 받아 든 날 저녁, 바로 옮기기 시작했고 새벽 두 시에 편집자에게 전화를 걸고야 말았습니다. 이 구절 좀 들어 보세요.

"음악 소리가 솟아오르기 시작했어. 조심조심 커지다가, 둥글둥글 맞물리다, 산산이 흩어지고, 다시 만나 서로 녹아들고, 바르르 떨며, 움츠러들고, 마지막으로 갑자기 우뚝 솟아오르고는, 스르르 잦아들었어."

그리고 이것, "말은 글로 쓰인 음악이구나……",

또 이것도, "음악가들이 음을 대하듯……"

우리는 잠을 잊은 채 행복한 청소부 아저씨의 말과 글과 음악에 대한 깨달음을 따라갔고 그 깨달음에 공감하며 가슴 벅차했습니다. 그리고 종강을 얼마 앞두고 마침내 책이 나왔습니다. 종강하는 날, 나는 학생들에게 읽어 주고 싶은 책이 있다며 이 책을 꺼냈습니다. 그 순간 모두들 어이없다는 눈으로 쳐다보았습니다. 대학생들한테 무슨 그림책이냐, 하는 눈으로요.

그렇습니다. 《행복한 청소부》는 그림책으로 세상에 나왔습니다. 그림책이기에 어린아이들이나 보는 것이라고 생각하는 이들이 많았지요. 그런데 많은

이들이 "어른들이 읽는 책 모양으로 나왔다면……."라는 이야기를 했습니다. 그러다가 이 책을 엮게 되었지요.

이 책에는《행복한 청소부》못지않게 기쁜 마음으로 옮겼던《생각을 모으는 사람》과 《바다로 간 화가》의 이야기도 함께 묶었습니다. 좋은 생각, 나쁜 생각, 아름다운 생각, 못난 생각 할 것 없이 모두 불러 모아 정성껏 꽃으로 가꾸어 아침놀과 함께 알알이 작은 조각들로 떠나보내는 부루퉁 씨, 바다에 가보고 싶은 소박한 꿈을 마침내 이룬 화가 할아버지, 모두 눈에 띄지 않게 세상을 아름답고 따뜻하게 만드는 사람들이지요. 그들을 알고 나면 내 친구, 내 이웃 누군가, 그렇게 눈에 드러나지 않지만 자신의 삶과 생각과 꿈을 아름답게 가꾸고 일구고 있을 것만 같습니다. 어쩌면 그것이 나 자신이 될 수도 있습니다. 그리고 그런 눈으로 보면 보잘 것 없고 하찮게 보이는 모든 이들이 소중해집니다.

이 세 작품은 모두 독일 중견 청소년 문학 작가 모니카 페트의 글에 세계적인 인정을 받는 폴란드 출신 일러스트레이터 안토니 보라틴스키가 호흡을 맞추었습니다. 이 아름다운 세 편의 이야기는 제가 그랬듯이 여러분들에게 자신의 꿈을 만나는 행운과 행복이 무엇인지 되새겨 보게 할 것입니다.

옮긴이 김경연

차례

행복한 청소부

"나는 하루 종일 표지판을 닦는 청소부입니다.
강연을 하는 건 오로지 내 자신의 즐거움을 위해서랍니다.
나는 교수가 되고 싶지 않습니다. 지금 내가 하는 일을 계속하고 싶습니다."

독일에 거리 표지판을 닦는 청소부 아저씨가 있었어. 아저씨는 아침 7시면 일을 하러 집을 나섰지. 한 30분 후면 표지판 청소국에 도착해. 아저씨는 유리창 너머 수위 아저씨에게 인사하고, 탈의실로 들어갔어.

탈의실에서 파란색 작업복으로 갈아입고, 파란색 고무 장화를 신고, 비품실로 건너가, 파란색 사다리와 파란색 물통과 파란색 솔과 파란색 가죽 천을 받았어.

아저씨가 이 청소 도구들을 한데 꾸릴 때, 다른 청소부들도 자기 도구를 챙겼지. 서로 이런저런 이야기를 나누면서 말야. 그런 다음 다들 자전거 보관실에서 파란색 자전거를 꺼내 타고 청소국 문을 나섰어.

표지판 청소부들이 자전거를 타고 떠나는 모습은 정말 볼만했어. 마치 커다란 파란 새들이 떼지어 둥지를 떠나는 것 같았지.

내가 지금 이야기하는 청소부 아저씨는 몇 년 전부터 똑같은 거리의 표지판을 닦고 있었어. 바로 작가와 음악가들의 거리야. 바흐 거리, 베토벤 거리, 하이든 거리, 모차르트 거리, 바그너 거리, 헨델 거리, 쇼팽 광장, 괴테 거리, 실러 거리, 슈토름 거리, 토마스 만 광장, 그릴파르처 거리, 브레히트 거리, 케스트너 거리, 잉게보르크 바흐만 거리. 마지막으로 또 빌헬름 부슈 광장. 거기까지가 아저씨가 맡은 곳이야.

　표지판은 말야, 닦아 놓았나 싶으면 금방 다시 더러워지지. 그러나 훌륭한 표지판 청소부는 그런 일에 기죽지 않아. 더러움과의 싸움을 포기하지 않아.

　내가 이야기하고 있는 청소부 아저씨는 정말 훌륭했어. 아저씨가 맡은 거리의 표지판은 깨끗할 뿐만 아니라, 새것처럼 보였어. 다른 청소부들도 진심으로 아저씨가 '최고'라는 걸 인정했지. 표지판 청소부 반장과 청소국 국장도 이따금 아저씨의 어깨를 툭툭 두드리며 "잘하십니다!"라고 칭찬했어.

아저씨는 행복했어. 자기 직업을 사랑하고, 자기가 맡은 거리와 표지판들을 사랑했거든. 만약 어떤 사람이 아저씨에게 인생에서 바꾸고 싶은 것이 있느냐고 물었다면, "없다"라고 대답했을 거야. 어느 날 한 엄마와 아이가 파란색 사다리 옆에 멈추어 서지 않았더라면 계속 그랬을 거야.

"엄마, 저것 좀 보세요! 글루크 거리래요!" 아저씨가 막 닦아 놓은 거리 표지판을 가리키며 아이가 외쳤어.

"저 아저씨가 글자의 선을 지워 버렸어요!"

"어디 말이니?" 엄마가 깜짝 놀라 위를 쳐다보며 물었어.

"저기요. 글뤼크 거리라고 해야 하잖아요?"

독일어로 글루크는 아무 뜻이 없지만 글뤼크는 '행복'이란 뜻이 있거든.

"그렇지 않아. 글루크가 맞단다. 글루크는 작곡가 이름이야. 그 이름을 따서 거리 이름을 붙인 거란다." 엄마가 대답했어.

버스 한 대와 트럭 두 대가 덜커덕거리며 지나갔어. 그 바람에 엄마의 목소리가 묻혀 버렸어. 다시 조용해졌을 땐 엄마와 아이는 이미 그 자리를 떠나고 없었지.

글루크 거리

아저씨는 당황해서 다시 한번 표지판을 쳐다보았어. 문득 글루크라는 사람에 대해 그 아이만큼 아무것도 모른다는 생각이 들었어. 유명한 사람들의 이름을 늘 코앞에 두고 있으면서도, 정작 그들에 대해 아무것도 몰랐지 뭐야. 그건 안 되지. 이대로는 안 돼. 아저씨는 생각했어.

아저씨는 사다리에서 내려와, 바지 주머니에서 동전을 꺼내 공중에다 던졌어. 그림이 나오면 음악가부터 시작하고, 숫자가 나오면 작가부터 시작할 생각이었지.

동전이 바닥으로 쨍그랑 떨어지며, 반짝반짝 춤을 추며 돌다 핑그르르 멈췄어. 그림이 나왔어. 아저씨는 몸을 굽혀 동전을 주워 들었어. 그리고 이제 무엇부터 해야 할지 손으로 동전을 돌리며 곰곰 생각했어. 근무 시간이 끝날 때까지 기다릴 수 없을 것 같았어.

아저씨는 일을 마치는 다섯 시가 되자 재빨리 자전거에 올랐지. 머리를 휘날리며 표지판 청소국으로 달려가, 급히 옷을 갈아입고 집으로 갔어.

문을 열고 들어서자마자 아저씨는 종이와 연필을 찾아 이름을 죽 썼어.

글루크 – 모차르트 – 바그 – 바흐 – 베토벤 – 쇼팽 – 하이든 – 헨델

아저씨는 이름들을 다시 한번 훑어보고 압정으로 벽에 붙여 놓았어. 다음에는 신문을 꼼꼼히 보며 음악회와 오페라 공연에 관한 정보를 모았어. 어떤 것들은 공연 날짜를 수첩에 적어 놓기도 했지. 그날이 오면 입장권을 사고, 옷장에서 좋은 양복을 꺼내 입고, 음악회장이나 오페라 극장으로 갔어.

이제 내가 부족한 게 뭔지 알 것 같아. 주위가 긴장될 정도로 고요해지면, 종종 아저씨의 머릿속에 그런 생각이 스쳤어.

음악 소리가 솟아오르기 시작했어. 조심조심 커지다가, 둥글둥글 맞물리다, 산산이 흩어지고, 다시 만나 서로 녹아들고, 바르르 떨며, 움츠러들고, 마지막으로 갑자기 우뚝 솟아오르고는, 스르르 잦아들었어.

아저씨는 오싹 몸을 떨며 멍한 상태에서 깨어났지. 종이 부스럭거리는 소리, 우르르 걸어가는 발소리……. 문이 열리고 사람들은 왁자지껄 밖으로 나갔어. 아저씨는 주위를 돌아보며 미소를 지었어.

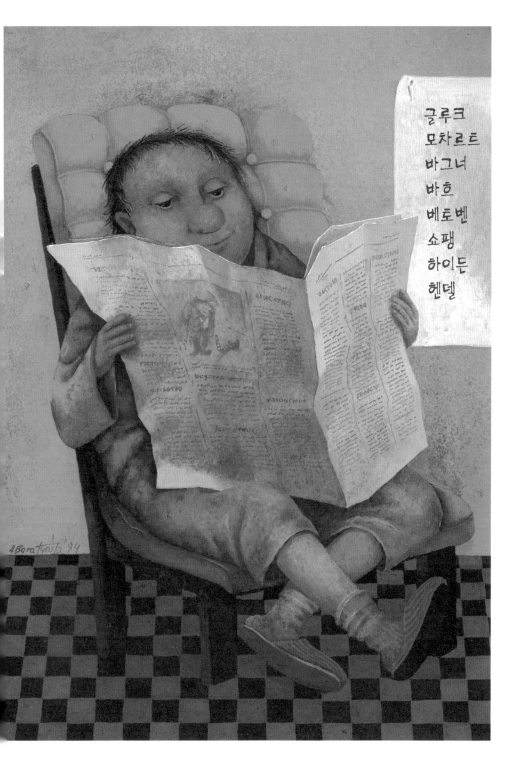

글루크
모차르트
바그너
바흐
베토벤
쇼팽
하이든
헨델

크리스마스가 되자 아저씨는 레코드 플레이어를 샀어. 이를테면 자기 자신에게 크리스마스 선물을 한 거야. 포장을 풀어 플레이어를 꺼내 크리스마스트리 밑에 갖다 놓고, 엄숙하게 첫 번째 레코드판을 올려놓았어.

아저씨는 밤새 거실에 누워 음악을 들었어. 그러자 차츰차츰, 오래 전에 죽은 음악가들이 다시 살아나 가장 좋은 친구가 되는 느낌이 드는 거야. 그들의 음악을 들으며 속으로 묻고 대답하고, 마치 서로 이야기를 나누는 것 같았지.

아저씨는 일을 하면서 머릿속에 간직한 가락을 나지막이 휘파람으로 불었어. 모차르트의 〈소야곡〉, 베토벤의 〈달빛 소나타〉. 심지어는 오페라 곡까지 외워서 불었어. 쉬운 일은 아니었지. 휘파람으로 낼 수 있는 건 언제나 한 가지 소리밖에 없고, 다른 소리들은 상상을 해야 했으니까.

음악가들에게 자신이 생기자 아저씨는 벽에서 명단을 떼어 냈어. 그리고 종이를 뒤집어 뒷면에다 새로운 이름들을 썼지. 이번에는 작가들 이름이었어.

괴테 – 그릴파르처 – 만 – 바흐만 – 부슈 – 브레히트 – 실러 – 슈토름 – 케스트너

그리고는 종이를 원래 자리에 도로 붙여 놓고, 시립 도서관에 가서 이 작가들이 쓴 책들을 빌렸어.

몇 주가 지나자 도서관 직원이 아저씨를 알아보고, 친절하게 인사를 건넸어. 아저씨는 도서관 최고의 단골이 되었거든.

아저씨는 전에는 한 번도 들어보지 못한 말들을 자꾸만 만나게 되었어. 어떤 말은 무슨 뜻인지 이해되었지만, 어떤 말은 이해되지 않았지. 그래서 무슨 뜻인지 알게 될 때까지 되풀이해서 읽었어.

저녁이면 저녁마다 아저씨는 책 속의 이야기들에 잠겨 있었어. 아저씨가 거기서 발견한 비밀들은 음악에서 발견했던 비밀들과 무척이나 비슷했어.

아하! 말은 글로 쓰인 음악이구나. 아니면 음악이 그냥 말로 표현되지 않은 소리의 울림이거나. 아저씨는 생각했어.

"참 안타까운 일이야."

어느 날 아저씨는 동료 청소부들에게 말했어.

"좀 더 일찍 책을 읽을 걸 그랬어. 하지만 모든 것을 다 놓친 건
아니야."

글은 아저씨의 마음을 차분하게도 했고, 들뜨게도 했어. 또 아저
씨를 곰곰 생각에 잠기게도 했고, 우쭐한 기분이 들게도 했어. 기쁘
게도 했고, 슬프게도 했지.

음악가들이 음을 대하듯, 곡예사가 공과 고리를, 마술사가 수건
과 카드를 대하듯, 작가들은 글을 대했던 거야.

아저씨는 작가들과도 음악가들과 같이 친구 사이가 되었어. 작가
들의 모든 작품을 알게 되었을 때, 아저씨는 일을 하면서 특별히 마
음에 든 구절들을 혼자 읊조렸어.

괴테의 〈마왕〉. "누가 이렇게 늦은 밤에 바람 속을 달리는가?" 브
레히트의 〈악당 매키의 노래〉. "그 상어는 이빨이 있다네 / 얼굴에
이빨이 있다네." 또 슈토름의 〈백마의 기수〉나 빌헬름 부슈의 〈막
스와 모리츠〉에 나오는 구절들.

A.Borotinski '94

이렇게 아저씨는 멜로디를 휘파람으로 불며, 시를 읊조리고, 가곡을 부르고, 읽은 소설을 다시 이야기하면서 표지판을 닦았어.

지나가던 사람들이 그것을 듣고는 걸음을 멈췄어. 파란색 사다리를 올려다보고는 깜짝 놀랐지. 그런 표지판 청소부는 한 번도 만난 적이 없었거든. 대부분의 어른들은 표지판 청소하는 사람 따로 있고, 시와 음악을 아는 사람 따로 있다고 생각하잖니. 청소부가 시와 음악을 알 거라고는 상상도 못 하지. 그런데 그렇지 않은 아저씨를 보자 그들의 고정 관념이 와르르 무너진 거야. 그들의 고정 관념은 수채통으로 들어가, 타 버린 종잇조각처럼 산산이 부서졌어.

사다리 위의 아저씨는 자신이 어떤 사건을 일으켰는지 전혀 알아차리지 못했어. 표지판을 박박 문질러 닦고, 호호 불어 윤을 내었지. 표지판이 반짝반짝 빛나면 비로소 일을 멈추고 쉬었어.

이제 아저씨는 시립 도서관에서 음악가와 작가들에 대해 학자들이 쓴 책을 빌려 읽기 시작했어. 그 책들은 이해하기 어려웠고, 때로는 결코 끝까지 읽어 내지 못하리라는 생각도 들었어.

시간이 흘러, 아저씨는 꽤 나이를 먹었어. 아저씨는 예나 지금이나 표지판을 돌보고 보살폈어. 이따금 손가락 끝으로 이제는 너무도 소중해진 이름들을 어루만지며, 일하는 동안 자기 자신에게 음악과 문학에 대해 강연을 했지.

그러던 어느 날, 한 가족이 파란색 사다리 옆에 서서 열심히 아저씨 이야기를 들었어. 어떤 여자아이 둘은 재잘대던 이야기를 멈추고 아저씨를 올려다보았어. 한 젊은이는 가방을 땅에 내려놓고 귀를 기울였고. 거기에 어떤 선생님과 반 학생들도 함께 와서 들었어. 사람들이 모인 것을 보자 다른 사람들이 그 뒤에 가서 섰어.

아저씨는 아무것도 알아차리지 못했지. 일을 끝내고 여전히 중얼거리며 파란색 사다리를 내려오는데, 사람들이 박수를 치는 거야.

아저씨는 얼굴이 빨개졌어. 얼른 물건들을 챙겨 다음 표지판을 향해 파란색 자전거를 밀었어. 사람들이 아저씨를 따라왔어. 아저씨는 부담스러웠지만, 어떻게 하겠어? 따라오지 말라고 하기가 쉽지 않았지. 일을 계속하며 강연을 하는 수밖에. 그러면서 밑을 쳐다보지 않으려고 애를 썼어.

A.Baratynski 94

시간이 거북이처럼 기어갔어. 빌헬름 부슈 광장의 교회 시계가 마침내 다섯 시를 가리키자, 아저씨는 휴우 안도의 한숨을 쉬었어. 아저씨는 몸을 날리듯 자전거에 올라타고 그곳을 떠났어.

　다음 날 아침, 사람들은 벌써 바흐 거리에서 아저씨를 기다리고 있었어. 아저씨는 너무 놀라 딸꾹질이 나왔어. 아저씨는 숨을 멈추고 천천히 열까지 센 다음, 파란색 사다리로 올라가 첫 번째 표지판을 닦으며 다시 강연을 시작했지.

　사람들은 아저씨 발꿈치에 바싹 붙어 있었어. 아저씨가 마지막 표지판을 청소하고 마지막 말을 끝내자, 사람들은 웅성웅성 칭찬의 말을 주고받았지.

　아저씨는 도망치듯 자리를 떠났고, 사람들도 뿔뿔이 흩어졌어. 이제 아저씨는 다른 사람들을 생각해야 한다는 걸 깨달았어. 그래서 더욱 열심히 준비를 했지. 웃음거리가 되고 싶지 않았거든.

　점점 더 많은 사람들이 강연을 들으러 왔고, 점점 더 빽빽하게 파란색 사다리를 에워쌌어. 아저씨는 표지판에서 표지판으로 옮겨 가며, 사다리를 올라갔다 다시 내려왔지만, 이제는 사람들에게 신경 쓰지 않았어.

어느 날 '오늘의 인물'이라는 텔레비전 방송에서 카메라맨과 기자가 왔어. 그들은 일하는 아저씨를 찍고, 이것저것 질문을 했지. 아저씨는 밤새 유명해졌어.

이제 모든 것이 온통 뒤죽박죽되었어. 가는 곳마다 아저씨의 사인을 받으려는 사람들이 진을 쳤어. 편지들이 커다란 자루에 가득 찰 만큼 집으로 날아왔어.

표지판 청소부 반장과 표지판 청소국 국장은 아저씨에게 칭찬을 늘어놓으며 꽃다발을 건네주었어. 아저씨 때문에 표지판 청소국의 위신이 높아졌거든.

네 군데 대학에서 강연을 해 달라는 부탁이 왔어. 그렇게 하면 아저씨는 훨씬 유명해질 수 있을 거야. 하지만 아저씨는 거절하기로 결심하고 답장을 썼지.

"나는 하루 종일 표지판을 닦는 청소부입니다. 강연을 하는 건 오로지 내 자신의 즐거움을 위해서랍니다. 나는 교수가 되고 싶지 않습니다. 지금 내가 하는 일을 계속하고 싶습니다. 안녕히 계세요."

그리고 아저씨는 지금까지 그랬듯이, 표지판 청소부로 머물렀어.

생각을 모으는 사람

"꽃으로 피어난 생각들은
아주 작은 알갱이가 되어 바람에 실려 날아갑니다.
생각을 모으는 사람이 없다면, 생각들은 줄곧 되풀이되다가
언젠가 완전히 사라질지도 모릅니다."

부루퉁 씨라는 괴상한 이름의 아저씨가 있어. 날마다 아침 여섯 시 반이면 멀리서부터 질질 끄는 듯한 무거운 발걸음 소리가 들려오지. 아저씨가 우리 집 앞을 지나가는 소리야.

그 시간에 내가 사는 동네는 무척 조용해. 여덟 시 전에는 사람이 거의 다니지 않아. 이따금 고양이가 길을 휙 가로질러 소리 없이 어느 집 마당으로 사라지든가, 아니면 멀리 큰 찻길에서 나는 소리가 바람결에 실려 오든가 할 뿐, 그 밖에는 아무 소리도 들리지 않아.

우리 동네는 아직 포근한 이불 같은 잠으로 덮여 있지만, 나는 얼른 창으로 달려가 창문을 열지. 몸을 쑥 내밀고 길을 내려다보면 으레 아저씨가 첫 번째 가로등, 아니면 두 번째 가로등 옆에서 구부정한 자세로 천천히 걸어오고 있어.

아저씨는 내 창문 밑을 지날 때, 고개를 들어 가볍게 헛기침을 하고는 나지막이 "안녕하세요!" 하고 인사를 하지.

그럼 나도 낮은 소리로 인사를 건네지.

"안녕하세요, 아저씨!"

어떨 땐 아저씨가 "날씨 참 좋지요?"라고 하거나, "벌써 일어나 책상에 앉으셨나 봅니다?"라고 덧붙이기도 해. 그러고는 미소와 함께 고개를 까딱해 보이고 다시 걸음을 옮기지. 나는 아침마다 언제나 아저씨가 모퉁이를 돌아서 사라질 때까지 지켜본단다. 여름이건 겨울이건 상관없이 말이야.

난 아저씨를 믿을 수 있어. 절대 늦는 법이 없거든. 아저씨한테 시계를 맞춰도 될 정도야. 그만큼 아저씨는 매일 아침 여섯 시 반 정각에 나타난단다.

아저씨는 외투가 딱 한 벌뿐인데, 얼마나 낡았는지 무릎 주변이 닳아서 실오라기가 비칠 정도야. 또 두 눈은 베레모를 눌러쓰고 있어서, 늘 모자 그늘에 가려져 있어. 등에는 불룩한 배낭을 메고 있는데, 배낭의 가죽끈은 손때가 묻어 반질반질해. 아저씨 걸음걸이는 도무지 바쁜 거라고는 모르는 사람 같아.

아저씨는 사실 아저씨라기보다 할아버지에 가까워. 노인들은 종종 시간이 아주 많은 것처럼 보이지. 사람들이 그림이나 도자기, 또는 가구들을 주변에 두는 것처럼 노인들은 곧잘 자기 주위에 조심스럽게 시간들을 쌓아 놓곤 하지.

아저씨가 다시 우리 집 앞을 지나는 건 두 시 무렵이야. 조금 이를 때도 있고, 조금 늦을 때도 있어. 그건 일이 얼마나 빨리 끝났느냐에 달려 있지.

아저씨의 일은 생각을 모으는 거야. 예쁜 생각, 미운 생각, 즐거운 생각, 슬픈 생각, 슬기로운 생각. 어리석은 생각, 시끄러운 생각, 조용한 생각, 긴 생각, 짧은 생각.

아저씨에겐 모든 생각이 다 중요해. 물론 아저씨가 좋아하는 생각들도 있어. 하지만 다른 생각들이 마음을 다칠까 봐 내색을 하진 않아. 생각들은 아주 예민하거든. 아저씨는 도시의 모퉁이나 골목들을 돌아다니며 귀를 기울이지.

43

아저씨는 생각들의 소리를 들을 수가 있어. 두꺼운 벽 뒤에서 나는 소리나, 여러 모퉁이 너머에서 들리는 소리까지도. 아무리 작은 생각이라도 아저씨의 귀를 벗어나지 못해.

생각의 소리가 들리면 아저씨는 당장 배낭을 열고, 아주 낮고 짧게 한 번 획 휘파람을 불어. 그러면 그 생각이 날아와 배낭 속으로 들어오지. 배낭 속에는 다른 생각들이 벌써 들어와 있기도 해.

어떤 생각은 천천히 날아오고, 어떤 생각은 번개처럼 빠르게 날아와 아저씨에게 쾅 부딪쳐. 그러면 아저씨가 넘어질 뻔하기도 하지. 그리고 어떤 생각은 배낭 주둥이를 금방 발견하지만, 어떤 생각은 조금 시간이 걸리기도 해. 또 어떤 생각은 너무 데퉁맞아 배낭 구멍으로 들어가다가 미끄러져 길바닥으로 떨어지기도 하고. 생각마다 하는 짓이 다 달라서 미리 짐작할 수가 없어.

그렇게 오랜 세월 많은 생각들을 만난 아저씨지만 때로는 멈추어 선 채로 생각에 잠겨 고개를 젓기도 하지. 생각들이 저마다 그처럼 다를 수 있다는 데 놀란 것이 수백 번도 넘어.

거리에서 발견한 생각들을 다 주워 모으면, 아저씨는 조심스레 배낭 끈을 여미고 배낭을 등에 짊어지지. 그러고는 불룩해진 배낭 때문에 여느 때보다 더 구부정한 자세로 다시 집을 향해 걷기 시작해.

사람들은 생각들이 깃털이나 눈송이처럼 가볍다고 하지만, 그건 소문에 지나지 않아. 무게가 250그램보다 더 나가는 생각들이 많은 걸.

아저씨는 내 방 창문 밑에 이르면 내게 손을 흔들어 인사를 해. 그럼 나도 아저씨한테 손을 흔들어 인사를 하지. 그리고 잠깐 멈추었던 일을 다시 시작하지.

아저씨는 저기 주말 농장 뒤에 있는 작은 집에서 살고 있어. 작은 방 두 개하고 작은 욕실이 있는데, 방 하나는 거실 겸 부엌 겸 침실이고, 또 하나는 작업실이야. 아저씨는 그것으로 충분하대. 더 많은 방은 필요 없대.

　다만 많이 걷고 나면 배가 고프고 피곤하니까, 간단히 음식을 먹고 조금 쉴 곳이 필요하다는 거야. 아저씨는 조금 쉰 다음 작업실로 들어가 배낭을 열고 미리 바닥에 깔아 놓은 부드러운 큰 보자기 위에 모아 온 생각들을 붓지.

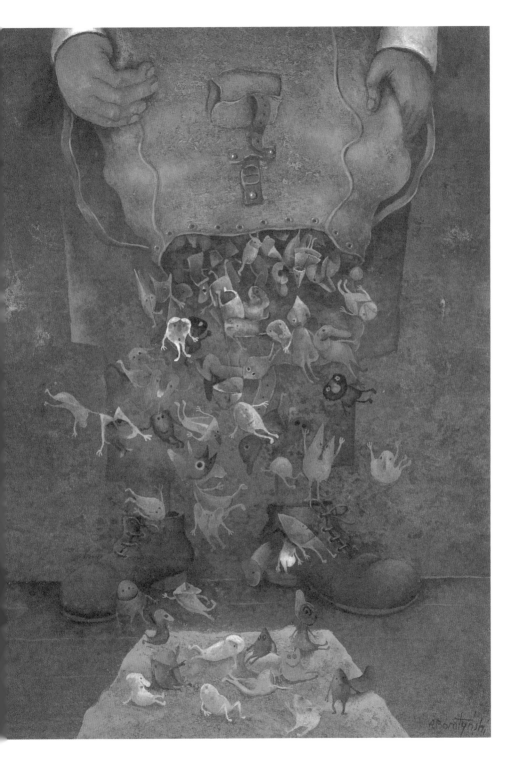

    아저씨는 우선 빈 배낭을 옆으로 밀어 놓고 보자기 옆에 쪼그리
고 앉아 서로 엉켜 있는 생각들을 풀어놓아. 그리고 생각들을 기억
니은 디귿 순으로 정리해 선반에 갖다 놓지.
    예를 들어 기억 선반에는 개성 있는 생각, 고운 생각, 거친 생각,
고지식한 생각, 기쁜 생각 같은 것을 갖다 놓고, 니은 선반에는 나쁜

생각, 너그러운 생각, 노여운 생각, 넓은 생각 같은 것을, 디근 선반
에는 다부진 생각, 단순한 생각, 대견한 생각, 더러운 생각, 둔해진
생각 같은 것을 갖다 놓지. 생각들을 정리하는 일은 아주 많은 조심
성이 필요해. 생각들은 가려내기가 쉽지 않아 혼동하기 일쑤거든. 때
때로 어떤 생각들은 아저씨한테서 도망치려고 어딘가 숨기도 하지.

그럴 때면 아저씨는 그 생각을 찾아 무릎으로 방 안을 기어 다니며, 컴컴한 구석과 모서리를 뒤지곤 하지. 하지만 그런 일은 아주 드물어. 단지 건방진 생각, 제멋대로 구는 생각, 나쁜 생각, 못된 생각들만 그렇게 하거든.

아저씨는 자상한 사람이라 이런 사고가 생겨도 금방 잊어버리고 말아. 특히 아름다운 생각이 손에 들어오면 언제 그런 일이 있었냐는 듯이 잊고 말지.

정리를 끝낸 후 아저씨는 생각들이 잠시 쉴 수 있게 선반에 그대로 놓아둬. 그래야 잘 익은 과일처럼 달콤한 즙이 많아지거든. 그렇게 되기까지는 약 두 시간이 걸려. 그다음엔 하나씩 들어 조심조심 커다란 대바구니에 담아서 밖으로 들고 나오지.

밖에는 갈퀴로 깨끗하게 흙을 고른 커다란 화단이 있어. 아저씨는 생각을 하나씩 바구니에서 꺼내 흙 속에 심어. 겨울에는 마당 뒤에 있는 갈색 유리로 된 온실 속에다 심고.

　아저씨가 손에 묻은 흙가루를 비벼 털고 나면, 그날 일이 모두 끝나는 거야. 이제 아저씨는 낡은 소파로 돌아가, 다리를 탁자 위에 올려놓고는 한 시간 가량 열심히 신문을 읽어. 그리고 차를 한두 잔 마시고 곧 잠자리에 들지.

　다음 날 아침 일찍 자명종이 울리면, 아저씨는 얼른 침대에서 일어나 창문으로 간단다.

이슬이 내린 화단에는 불그스름한 아침놀을 받으며, 세상에서 가장 아기자기하고 특별한 꽃들이 반짝이고 있어. 바로 상상밖에 할 수 없는 그런 꽃들이 말야.

　연한 하늘색, 붉은 벽돌색, 황금색, 달걀 흰자위처럼 하얀색의 꽃들. 줄무늬가 있는 꽃들이 있는가 하면, 작은 반점이 있는 꽃들도 있어. 꽃잎이 연하고 가느다란 꽃들이 있는가 하면, 꽃봉오리가 두텁고 탐스러운 꽃들도 있고. 또 줄기가 매끄럽고 연약한 꽃들이 있는가 하면, 줄기가 싱싱한 배나무처럼 거칠고 튼튼한 꽃들도 있지. 그렇지만 모두 다 기막히게 달콤한 향기를 내뿜고 있어.

　아저씨는 서둘러 세수를 하고 옷을 입은 다음, 아침 식사를 해. 이처럼 꽃으로 피어난 생각들을 구경할 수 있는 시간은 그리 길지 않다는 걸 알고 있으니까. 아저씨는 아직 졸음이 가시지 않은 채 밖으로 나와, 꽃밭 앞에 긴 의자를 끌어다 놓고, 담요로 몸을 감싸고 앉지.

　아침놀이 어느샌가 슬그머니 사라지고 있어. 날이 점점 밝아지고 있는 거야. 바로 그때 그 일이 일어나.

차츰차츰 그리고 아주 부드럽게 꽃들이 녹고 있어. 무수히 많은 작은 조각들로 알알이 부서지는데, 마치 먼지 알갱이들이 햇빛 속에서 춤추는 것 같아.

한 줄기 바람이 일자마자 알갱이들은 사방팔방으로 흩어져 날아간단다. 그때 무슨 멜로디를 만들어 내는데, 거의 들리지 않을 정도로 작은 소리야. 아저씨는 귀에다 손을 갖다 대고 몸을 앞으로 기울여. 순간 잔뜩 주의를 기울인 얼굴 위로 전율이 흐르지.

그러면 모든 것이 끝나는 거야. 아저씨는 아침 식탁을 치우고, 외투를 걸치고, 베레모를 이마 깊숙이 눌러쓰고, 배낭을 둘러메고, 또 길을 떠나. 그리고 여섯 시 반에 다시 모퉁이를 돌아 우리 집 앞을 지나가지. 나는 아저씨한테 한 번만이라도 아저씨를 거들며 그 광경을 보게 해 달라고 얼마나 애원했는지 몰라. 하지만 헛일이었어.

아저씨 말로는 생각들은 아주 수줍음이 많아 옆에 낯선 사람이 있으면, 꼭꼭 숨어 버린대. 그래서 아저씨도 생각을 모을 때는 언제나 주변에 아무도 없을 때까지 기다려야 한대. 다니는 길도 날마다 바꾸고, 심지어는 정원에다 높은 울타리까지 쳐 놓았대.

 하지만 아저씨는 이따금 저녁때 나를 찾아와 아저씨 일에 대한 이야기를 들려줘. 그렇지 않으면 어떻게 내가 아저씨 일에 대해 알았겠니? 아저씨는 주름진 손으로 찻잔을 돌리며 내 앞에 앉아 있곤 해. 창밖에 어둠이 내리는 동안, 아저씨는 다리를 포개고 앉아 낮은 목소리로 이야기를 시작하지.

 "꽃으로 피어난 생각들은 아주 작은 알갱이가 되어 바람에 실려 날아갑니다. 높이, 점점 더 높이 날아올라, 눈 깜짝할 사이에 아직 잠으로 덮여 있는 지붕들 위에 떠 있게 되지요.

 그러다가 천천히 내려앉으며, 창문이라든가 어디 벌어진 틈새로 집집마다 들어간답니다. 그렇게 꿈을 꾸고 있는 사람들의 이마에 가만가만 내려앉아, 새로운 생각으로 자라나지요. 생각을 모으는 사람이 없다면, 생각들은 줄곧 되풀이되다가 언젠가 완전히 사라질지도 모릅니다."

아저씨는 차를 한 모금 마시고, 소맷자락으로 입을 닦고는, 나를 부드러운 눈으로 바라보며 말을 계속했어.

　"어느 도시건, 어느 마을이건 나같이 생각을 모으는 사람이 있답니다. 큰 도시에는 두세 사람이 있을 수도 있지요. 하지만 그들에 대해서 아는 사람은 거의 없답니다. 생각을 모으는 사람들은 될 수 있는 대로 남의 눈에 띄지 않게 일하니까요. 하지만 대부분 독특한 이름을 갖고 있답니다. 아무도 눈치채지 못하게 하기 위해서지요. 대체 누가 '부루퉁'이라는 이름을 가진 사람이 생각을 모으는 사람이라고 짐작이나 하겠습니까?" 그러면서 아저씨 아니, 부루퉁 씨는 조용히 웃음을 지었어.

　난 아저씨가 많고 많은 사람 가운데 바로 나에게 비밀을 털어놓은 게 무척 자랑스러워.

　밤늦은 시간에 아저씨가 내 방을 떠날 때면, 때때로 아주 조금이지만 생각 꽃들의 향기가 나는 것 같아. 그러면 나는 스르르 긴장이 풀리며 생각이 텅 빈 채 잠이 들어.

바다로 간 화가

"도시로 돌아온 게 잘못이야!" 화가가 내게 말했어.

"모든 것을 잘 생각하고 결정했어야 했는데." 그러고는 미소를 지었지.

"하지만 난 슬퍼하지 않아. 바다를 보았고, 또 그렸으니까."

그 화가는 오랫동안 큰 도시에서 살았어. 그는 도시의 큰길들, 구석진 곳과 골목들을 그렸어. 집과 뒷마당들을 그렸고, 작은 가게들과 햇빛에 바랜 차양, 먼지 낀 진열창 앞에 내놓은 과일과 채소들을 그렸지.

　양산 아래 식탁보가 나부끼는 거리의 카페들을 그렸고, 자동차와 버스, 전차, 역과 기차들을 그렸어.

　굴뚝에서 솟아오르는 연기를 그렸고, 공원의 상수리나무들과 둥그런 화단들, 또 새똥으로 얼룩진 충혼비와 동물원을 그렸어.

화가는 광고 벽화를 그렸고, 영화관과 오페라 극장, 감옥을 그렸어. 보행자 전용 거리의 악사도 그렸고, 놀이터에서 노는 아이들과 벤치에 앉아 있는 떠돌이들도 그렸지. 애완견들과 길 위의 개똥들을 그렸고, 유리창 너머 방 안에 틀어박힌 게으른 고양이들과 쓰레기통 옆의 배고픈 고양이들, 광장과 지붕 위에서 재잘대는 비둘기들을 그렸어.

　또 도시 앞의 숲과 숲을 둘러싼 들판을 그렸고, 호수와 시냇물과 쓰레기장을 그렸어. 화가는 이 모든 것을 다 그렸어.

　그러면서 늙어 갔고, 숱 많던 검은 수염은 하나 둘 빠지며 잿빛이 되었지. 화가는 생각했어. 이제 무엇을 그릴까?

화가는 사람들이 바다에 대해 하는 이야기를 들었어. 바다는 끝없이 넓고 말로 다할 수 없이 아름답다는 거야.

　그렇지만 화가는 가난했어. 화가가 버는 돈으로는 겨우겨우 작은 집에 세들어 살면서 캔버스와 물감, 옷과 먹을 것을 마련할 수 있었지. 그러니 어떻게 바다를 보기 위해 여행을 떠날 수가 있겠니?

　화가는 자존심이 센 사람이었어. 그냥 주는 돈은 절대 받지 않았지. 내게서도 받지 않았는걸. 우리는 친구 사이인데도 말이야.

　화가는 한동안 상상을 하는 것만으로 만족해야 했어. 바다가 그려진 책들을 보고, 여행 안내서들을 들추고, 이미 바다에 가 봤던 사람들의 말을 귀담아들었어. 화가는 바다로 가는 꿈을 버리지 않았던 거야.

　하지만 이제는 그것으로 충분하지 않았어. 너무나 바다가 보고 싶어 견딜 수가 없었어. 보고 싶다 못해 열이 나는 느낌이었지. 거의 잠도 이룰 수 없었어. 그것을 치료할 수 있는 것은 오직 바다뿐이었지.

화가는 돈을 모으기 시작했어. 감자와 빵만 먹었고 물만 마셨지. 머리도 직접 잘랐고, 수염도 직접 다듬었어. 버스나 전차도 절대 타지 않았지. 자전거도 팔고, 어머니로부터 물려받은 찻잔 세트도 팔았어. 옷장과 소파, 책들, 수제 장식장과 손목시계까지도 팔았어. 그리고 어느 날 저녁 텅 빈 집에 앉아 돈을 세어 보았지. 충분했어.

화가는 차표를 샀어. 다음 날 아침 내가 그를 기차역으로 데려다주었지. 화가는 하얀 손수건을 흔들었고, 나는 그 손수건이 작은 점처럼 보일 때까지 지켜보았어.

세상에 자신의 꿈과 만나는 행운을 가진 사람은 많지 않아. 화가도 그것을 알고 있었어. 섬으로 데려다줄 배를 타려고 기차에서 내렸을 때 그는 얼마나 흥분되었는지 몰라. 어찌나 가방 손잡이를 꽉 쥐었던지 손가락이 아파 경련이 일 정도였어.

그리고 화가는 바닷가에 서 있었어. 마음속의 모든 말, 모든 생각이 조용해졌어.

바닷물은 하늘까지 맞닿았고, 파도가 되어 밀려와 모래를 핥고는 다시 물러섰어. 하얗게 부서지는 파도들은 노래를 흥얼거리는 것 같았고, 그 멜로디는 화가의 가슴 한가운데로 파고들었지.

섬에 간 화가는 값싼 집을 빌렸어. 작고 그다지 깨끗하지도 않은 집이었지. 벽도 울퉁불퉁했고, 가구라고는 달랑 침대 하나, 탁자 하나, 옷장 하나뿐이었어. 마루는 발을 딛자마자 삐걱 삐거덕거렸고. 세면대 위의 거울은 흐려서 잘 보이지도 않는 데다가 거미줄 같은 금이 가 있지 뭐야. 하지만 화가는 창문에서 바다를 볼 수 있었어. 거기서 바다를 보고 있으면 마치 이 세상에 화가와 바다와 새로운 멜로디만 존재하는 것 같았어.

화가는 날마다 스케치북과 연필이 들어 있는 가방을 메고 여기저기 돌아다녔어. 그리고 눈앞에 보이는 것들을 모두 그렸지. 비가 오는 날이든 해가 뜨는 날이든 상관하지 않았어.

　화가는 이곳에서 그를 기다리고 있다가 반기며 달려오는 것들을 남김없이 그리고 싶었어. 하지만 손가락들이 그 마음을 따라 주지 못할 때도 있었어.

　화가는 바다를 그렸어. 바다는 언제나 달랐어. 잿빛인가 하면 파란색이었고, 초록빛인가 하면 마치 은가루를 뿌려 놓은 것 같았지. 싯싯대며 사납게 날뛰는가 하면 다시 탁자 위에 깔아 놓은 식탁보처럼 매끄럽고 평화로웠어.

　그는 밀물과 썰물을 그렸고, 방파제와 이끼 낀 갈대모자를 쓴 삐딱한 집들을 그렸어. 담을 기어오르는 장미, 조개, 파도 거품과 함께 실려 오는 갈색 바닷말들도 그렸어. 또 모래 언덕과 갈대, 모래사장의 빛바랜 말오줌나무도 그렸어.

화가는 항구의 고깃배들을 그렸고, 낚시터 옆의 나룻배들을 그렸어. 들판 위의 트랙터들, 방금 간 밭 위를 맴도는 배고픈 갈매기 떼, 그물을 기우는 게잡이 어부들, 울타리에서 이야기를 나누는 노인들, 모래톱 위에 남겨진 알 수 없는 자국들을 그렸어.

　목장의 소들과 둑 위의 양들, 땅을 가르듯 흐르는 도랑들과 그 위에 비친 조각난 하늘을 그렸고, 창고와 외양간, 너른 풀밭 위의 커다란 건초 뭉치를 그렸어. 또 일하는 농부들과 마당 앞의 거름더미, 바쁘게 구덩이에 모여드는 닭들도 그렸어.

　그는 아침 일찍 동이 트기도 전에 자리에서 일어나 다시 날이 저물 때까지 그림을 그렸어.

　오래지 않아 섬사람들은 그를 알게 되었고, 화가도 그들을 알게 되었지. 좋은 생활이었어. 낮에는 나른한 냄새를 풍기는 정원에서, 밤에는 찌는 듯이 더운 방 안에서, 포도주나 차 한 잔을 마시며 함께 앉아 있었지.

　그러면 화가는 가방에서 연필을 꺼내 비바람에 씻긴 얼굴들이며 웃음과 침묵, 그가 발견한 모든 것들을 그렸어.

때때로 사람들은 화가가 그린 그림을 보고 싶어 했어. 그림을 보여 주면 그들은 오랫동안 곰곰 생각하며 쳐다보다가 말없이 고개를 끄덕였어.

　하지만 아무리 검소하게 살아도 화가의 돈은 점점 줄어들었어. 집주인 아주머니가 그의 그림을 사 주었어. 우편배달부도 사 주었고, 화가가 가끔 들르는 작은 술집의 여종업원도 사 주었지. 그래서 화가는 섬에서 몇 주 동안 더 머무를 수 있었어. 그렇지만 화가는 다시 도시로 돌아와야 했어. 돈이 다 떨어졌기 때문이지.

화가는 그림 한 뭉치와 돌멩이 한 줌, 조개 한 자루, 하얀 모래 한 봉지를 가지고 섬을 떠났어. 하지만 머릿속에는 그리지 못한 그림들로 가득 차 있었지. 그는 가방을 풀고 이젤 앞에 앉아 기억들을 그렸어.

    화가가 그린 가장 아름다운 그림에는 바다가 보여. 그리고 그 바닷가 절벽 위에는 꽃이 핀 정원이 있고, 그 속에 갈대 지붕의 작은 집이 웅크리고 앉아 있지. 그 집 벽에는 담쟁이와 장미들이 덩굴을 뻗고 있고.

    화가는 그 그림을 침대 위에 걸어 놓았어. 그 그림이 자기가 지금까지 그린 것 가운데 가장 좋다고 생각했지. 누가 그 그림을 사겠다고 하면 언제나 말없이 고개를 저었어.

그 그림이 어디가 특별한지 말하기는 어려워. 보면 그냥 느껴졌어. 그것은 놀라운 빛을 지니고 있었어. 지치지 않고 소리 없이 변하는 빛을. 꼭 바다처럼 말이야.

그러나 그는 돈이 없었어. 그림을 팔기가 쉽지 않았거든. 돈이 될 만한 것도 남아 있지 않았고. 무엇보다도 화가는 이제 너무 늙어 버렸어. 힘든 여행을 하기는 어려웠지.

"도시로 돌아온 게 잘못이야!"

화가가 내게 말했어.

"모든 것을 잘 생각하고 결정했어야 했는데."

그러고는 미소를 지었지.

"하지만 난 슬퍼하지 않아. 바다를 보았고, 또 그렸으니까."

　어느 날 오후, 화가는 자기가 가장 좋아하는 그 그림을 바라보고 있었단다. 방에다 걸어 둔 그림은 오직 그것뿐이었지.

　처음에는 알아차리지 못했어. 그다음에는 눈이 장난을 치나 보다고 생각했지. 하지만 자세히 쳐다보니, 잘못 본 것이 아니었어. 작은 집 문이 빠끔 열려져 있는 거야. 화가는 눈을 비비며 몸을 앞으로 구부렸지. 그 순간 문이 조금 더 열리지 뭐야. 안을 들여다보니 아늑한 방이 보였고, 그 한가운데 이젤이 놓여 있었어.

　화가는 자리에서 일어나 그림으로 다가갔어. 활짝 열린 문으로 말이야. 그러자 그림이 그를 들여보내는 거야. 화가는 그런 일이 있을 수 있다는 것에 전혀 놀라지 않았어. 당연하다는 듯이 그림 속 방으로 들어가 이젤 앞에 앉았어.

날마다 오후가 되면 화가는 도시를 떠나 그림 속으로 들어갔어. 모래사장을 따라 산책을 하며 돌멩이도 줍고 물에 떠내려온 것들도 주웠지. 정원 벤치에 앉아 당아욱의 장밋빛, 금송화의 부드러운 노란색, 투구꽃의 깊은 파란색을 바라보고, 라벤더와 박하와 꿀풀의 향기를 들이마셨어. 걸으면 발밑에서 먼지가 구름처럼 일었지. 그림 속은 언제나 여름이었거든.

잠들기 전에는 달빛이 마룻바닥에 그리는 무늬를 지켜보았어. 빗소리에 귀를 기울이기도 하고 파도의 속삭임에 귀를 기울이기도 했지. 화가는 깊은 잠을 자고, 아침이 되어서야 도시로 돌아왔지.

어느 날 그는 이제 도시로 돌아가지 않기로 결심했어.

그 그림은 지금 우리 도시 미술관에 걸려 있어. 사람들은 그 앞에 서서 감탄하며 바다와 정원과 작은 집을 바라보지.

　하지만 집의 문은 닫혀져 있어. 그런데 내게만은 이따금 그 문이 열리는 거야. 미술관에 나 혼자만 있고 다른 관람객이 없는 날. 그러나 안타깝게도 그런 날은 너무 드물어.

　나는 이제 놀라지 않아. 내 친구 화가는 차 한잔 마시자고 나를 초대하고, 우리는 이런저런 이야기를 나누지. 이따금 날씨가 특별히 아름답고 햇빛이 따뜻할 때면, 모래사장을 따라 산책을 하기도 해. 물속에 발을 담갔다가 따뜻한 모래에 앉아 말리기도 하고.

　내가 떠날 때 내 친구 화가는 정원 문 옆에 서서 손을 흔들지. 그 사이에 그의 옷은 많이 낡았고, 수염은 눈처럼 희어지고 또 길게 자랐어. 그러나 화가의 얼굴에는 언제나 행복한 미소가 어려 있어.

글쓴이 **모니카 페트**

1951년 독일 하겐시에서 태어나, 문학을 전공한 모니카 페트는 《행복한 청소부》《생각을 모으는 사람》《바다로 간 화가》 등 잔잔하면서도 많은 생각을 안겨 주는 작품들로 하멜른시 아동 문학상과 오일렌슈피겔 아동 문학상을 비롯해 독일의 여러 아동 및 청소년 문학상에 지명되었다.

그린이 **안토니 보라틴스키**

안토니 보라틴스키는 추상적인 내용을 탁월하게 형상화하는 그림들로 오스트리아 아동 및 청소년 문학상 일러스트레이션 부문 상을 수상했다. 강렬한 인상을 심어 주는 그의 그림들은 《행복한 청소부》《생각을 모으는 사람》《바다로 간 화가》를 비롯해 다른 작가들의 작품에서도 볼 수 있다.

옮긴이 **김경연**

서울대학교에서 독문학을 전공하고 동대학원에서 '독일 아동 및 청소년 아동 문학 연구'라는 논문으로 문학 박사 학위를 받았다. 독일 프랑크푸르트 대학에서 독일 판타지 아동 청소년 문학을 주제로 박사 후 연구를 했다. 옮긴 책으로는 《행복한 청소부》《생각을 모으는 사람》《바다로 간 화가》《사라진 나라》《앙리 4세의 청춘》《한나 아렌트》《이상한 나라의 리씨》《나그네의 선물》 등 다수의 작품이 있다.

세상을 아름답게 만드는 **행복한 청소부**

1판 1쇄 발행 2003년 12월 5일 | 1판 9쇄 발행 2017년 1월 16일
2판 1쇄 발행 2019년 4월 17일 | 2판 7쇄 발행 2023년 12월 1일
모니카 페트 글 | 안토니 보라틴스키 그림 | 김경연 옮김
펴낸이 홍석 | 이사 홍성우 | 편집부장 이정은 | 편집 정미진 · 조유진 | 디자인 권영은 · 김영주
마케팅 이송희 · 김민경 | 관리 최우리 · 정원경 · 홍보람 · 조영행 · 김지혜
펴낸곳 도서출판 풀빛 | 등록 1979년 3월 6일 제2021-000055호
주소 서울특별시 강서구 양천로 583 우림블루나인 A동 21층 2110호
전화 02-363-5995(영업) 02-362-8900(편집) | 팩스 070-4275-0445
전자우편 kids@pulbit.co.kr | 홈페이지 www.pulbit.co.kr
블로그 blog.naver.com/pulbitbooks | 인스타그램 instagram.com/pulbitkids

ISBN 979-11-6172-138-5   43850

이 도서의 국립중앙도서관 출판예정도서목록(CIP)은 서지정보유통지원시스템 홈페이지(http://seoji.nl.go.kr)와 국가자료공동목록시스템(http://www.nl.go.kr/kolisnet)에서 이용하실 수 있습니다. (CIP제어번호:2019012244)

환상적인 그림으로 희망을 전하는
세계적인 일러스트레이터 숀 탠

숀 탠 그림책 | 225×293 | 40쪽

숀 탠 그림책 | 243×315 | 32쪽

숀 탠 그림책 | 300×270 | 48쪽

"모든 예술은 보는 이에게 질문을 품게 한다."

-숀 탠